U0053081

兒童文學叢書

·藝術家系列·

流浪的異鄉人

多彩多姿的高更

羅珞珈／著

三民書局

國家圖書館出版品預行編目資料

流浪的異鄉人：多彩多姿的高更／羅珞珈著.－－二版二刷.－－臺北市：三民，2017
面；　公分.－－(兒童文學叢書. 藝術家系列)

ISBN 978-957-14-2741-6　(精裝)

1.高更(Gauguin, Paul, 1848-1903)－傳記－通俗作品

940.9942

© 流浪的異鄉人
——多彩多姿的高更

著 作 人　羅珞珈
發 行 人　劉振強
著作財產權人　三民書局股份有限公司
發 行 所　三民書局股份有限公司
地址　臺北市復興北路386號
電話　(02)25006600
郵撥帳號　0009998-5
門 市 部　(復北店) 臺北市復興北路386號
(重南店) 臺北市重慶南路一段61號

出版日期　初版一刷　1998年1月
二版一刷　2007年1月
二版二刷　2017年10月修正
編　號　S 853841

行政院新聞局登記證局版臺業字第〇二〇〇號

有著作權・不准侵害

ISBN　978-957-14-2741-6　(精裝)

http://www.sanmin.com.tw　三民網路書店

※本書如有缺頁、破損或裝訂錯誤，請寄回本公司更換。

·閱·讀·之·旅·

很早就聽說過藝術大師米開蘭基羅、梵谷、莫內、林布蘭、塞尚等人的名字；也欣賞過文學名家狄更斯、馬克·吐溫、安徒生、珍·奧斯汀與莎士比亞的作品。

可是有關他們的童年故事、成長過程、鮮為人知的家居生活，以及如何走上藝術、文學之路的許許多多有趣故事，卻是在主編了這一系列的童書之後，才有了完整的印象，尤其在每一位作者的用心創造與撰寫中，讀之趣味盈然，好像也分享了藝術豐富的創作生命。

為孩子們編書、寫書，一直是我們這一群旅居海外的作者共同的心願，這個心願，終於因為三民書局的劉振強董事長，有意出版一系列全新創作的童書而宿願得償。這也是我們對國內兒童的一點小小奉獻。

西洋文學家與藝術家的故事，以往大多為翻譯作品，而且在文字與內容上，忽略了以孩子為主的趣味性，因此難免艱深枯燥；所以我們決定以生動、活潑的童心童趣，用兒童文學的創作方式，以孩子為本位，輕輕鬆鬆的走入畫家與文豪的真實內在，讓小朋友們在閱讀之旅中，充分享受到藝術與文學的廣闊世界，也拓展了孩子們海闊天空的內在領域，進而能培養出自我的欣賞品味與創作能力。

這一套書的作者們，都和我一樣對兒童文學情有獨鍾，對文學、藝術更是始終懷有熱誠，我們從計畫、設計、撰寫、到出版，歷時兩年多才完成，在這之中，國內國外電傳、聯絡，就有厚厚一大冊，我們的心願卻只有一個——為孩子們寫下有趣味、又有文學性的好書。

當世界越來越多元化、商品化的今天，許多屬於精神層面的內涵，逐漸在消失、退隱。然而，我始終牢記心理學上，人性內在的需求——求安全、溫飽之後更高層面的精神生活。我們是否因為孩子小，就只給與溫飽與安全，而忽略了精神陶冶？

文學與美學的豐盈世界，是否因為速食文化的盛行而消滅？這是值得做為父母的我們省思的問題，也是決定寫這一系列童書的用心。

我想這也是三民書局不惜成本、不以金錢計較而決心出版此一系列童書的本意。在我們握筆創作的過程中，最常牽動我們心思的動力，就是希望孩子們有一個愉快的閱讀之旅，充滿童心童趣的童年，讓他們除了溫飽安全之外，從小就有豐富的精神食糧，與閱讀的經驗。

最令人傲以示人的是，這一套書的作者，全是一時之選，不僅在寫作上經驗豐富，在藝術上也學有專精，所以下筆創作，能深入淺出，饒然有趣，真正是老少皆喜，愛不釋手。譬如喻麗清，在散文與詩作上，素有才女之稱，在文壇上更擁有廣大的讀者群；陳永秀與羅珞珈，除了在兒童文學界皆得過獎外，翻譯、創作不斷，對藝術的研究與喜愛也是數十年如一日用功勤學；章瑛退休後專心研習水墨畫，還時常歐遊四處欣賞名畫；戴天禾有良好的國學素養，對藝術更是博聞廣見；另外兩位主修藝術的嚴喆民與莊惠瑾，除了對藝術學有專精外，對設計更有獨到心得。由這一群對藝術又懂又愛的人來執筆寫藝術大師的故事，不僅小朋友，我這個「老」朋友也讀之百遍從不厭倦。我真正感謝她們不惜時間、心血，投入為孩子寫作的行列，所以當她們對我「撒嬌」:「哇！比博士論文花的時間還多」時，我絕對相信，也更加由衷感謝，不僅為孩子，也為像我一樣喜歡藝術的大孩子們，可以欣賞到如此圖文並茂，又生動有趣的童書欣喜。當然，如果沒有三民書局的支持、用心仔細的編輯，這一套書是無法以如此完美的面貌出現的。

讓我們一起——老老小小共同享受閱讀之樂、文學藝術之美，也與孩子們一起留下美好的閱讀記憶。

．作者的話．

在現代的畫家中，無論是作品還是畫家本人的生活，都沒有人像高更那樣多彩多姿、高潮起伏，令人看得眼花撩亂的了。

高更的幼年是在南美洲的祕魯度過。異國風情的薰染使得他從小就覺得自己和其他的孩子都不一樣。等到他能自立了，他馬上就上船當了水手，遠航在世界各地，過著飄蕩不安定的生活。

等他二十五歲回到巴黎，他卻變成了一個成功的股票經紀人，穿著體面的衣服，周旋在商場上，賺了很多錢。可是好景不常，股票市場不景氣，高更失業了，他到處打零工，賺取菲薄的收入，怎樣也無法維持妻子和五個孩子的生活。所以他只好把家人留在丹麥妻子的娘家。從此以後，高更才專心畫畫。除了繪畫之外，他可以說是一無所有了。

雖然高更在物質生活上一無所有，但是在精神生活上，他卻得到了完全的自由。精神得到解脫的高更，正好可以將他隱藏在心靈深處的藝術天才全部發揮了出來。由於他沒有拘束，他才能夠超越當時的主流印象派；由於他敢於孤獨的居住在遠離文明的大溪地島上，他的繪畫作品才能夠出現極為大膽、令人驚訝不已的絢麗色彩和造型。

高更的為人和他的作品一樣，都是坦誠率直，毫不虛偽造作的。當我們觀賞高更的畫，我們立刻會被他原始的、濃烈的、強悍的顏色和線條吸引。但是，當我們再深一層的去了解他的作品，我們會發覺他對人生的無奈和對自由的追求，是那麼深深的打動我們的心靈。

羅洛功

．作　者　簡　介．

羅珞珈

出生於中國四川省重慶市，但是爸爸媽媽卻用湖北省的珞珈山當作她的名字。為什麼呢？大概因為珞珈山在爸爸媽媽心中留下許多美麗甜蜜的回憶呢。

八歲時，隨同媽媽逃離中國，在臺灣找到了爸爸。從此在花蓮和臺北過著快樂的日子。國立師範大學英語系畢業後，她結了婚，生了一雙既搗蛋、又會念書的兒女。1979 年，她帶著兒女到美國定居。

孩子念書時，她也重回聖荷西加州州立大學念書，得到圖書館資訊學碩士學位。現在史丹佛大學東亞圖書館做編目的工作。

除了寫兒童書之外，她也從事翻譯工作，作品包括：《約翰生傳》、《老人與海》、《悲劇性的開端》、《我——凱撒琳・赫本傳》等。

高更

Paul Gauguin

1848~1903

Gauguin

1. 流浪的異鄉人

在現代眾多的西洋畫家中，無論是作品還是生活，都沒有比高更更為多彩多姿的了。

首先我們來看一看高更的模樣：他的身體十分的健壯，大大的頭顱，粗粗的四肢，厚實的肌肉，渾身充滿了用不完的精力。人們怎麼看他都不像是個用畫筆的畫家，說他是個流浪異鄉的水手，或者是在碼頭上搬貨物的苦力，相信的人可能還多一些呢。

一八四八年六月七日，高更出生在法國巴黎。由於高更很少提到他的父親，我們除了知道他在一家報社做編輯之外，其他有關他的事，我們就不很清楚了。

高更很為母親的家族而驕傲。他母親的祖先是西班牙的貴族，後來移居祕魯。高更的外曾祖父當過祕魯的總督，而他的外婆更是一個思想前進、才華過人的女作家。也許由於母親顯赫而帶有異族色彩的

神秘家世，高更從小就感到自己和其他的小孩子不一樣。

事實上，高更外婆在法國和秘魯所過的那種富有冒險性而浪漫的生活，的確影響到高更的一生。高更一輩子都在動蕩遷移中過日子，最後還客死在太平洋的小島上，也許和他血液中流動的冒險而浪漫的遺傳因素有關係吧。

一八四九年，父母帶著一歲的高更和兩歲的姐姐離開巴黎，乘船

高更的自畫像　1889–1890 年（油畫、畫布　38 × 46cm　私人收藏）

西洋的畫家在自畫像中，都喜歡把自己的作品放在後面做背景，就像替武士畫像，會把他的矛和盾放在旁邊一樣。

高更把自己的兩件作品放在自畫像後：一張充滿宗教意味，筆觸柔美光潔的基督像，和一個粗糙醜怪的貯放煙草的陶罐。這兩件完全相反，一點也不和諧的作品，是高更故意安排的。我們多少可以由此看出高更的心態吧！

高更的模樣十分特殊，南美洲的血液使他的外貌充滿了異國的情調，粗野的線條、壯實的身軀，更像是一個苦力或水手。

去祕魯的利馬市。高更的父親那時已經得了嚴重的心臟病，船還沒靠岸，父親就突然病發去世了，留下母親帶著兩個幼兒，去投靠她居住在利馬市的叔叔。

許多人都說，高更一生都在追求一種原始的、帶有神祕色彩的生活，和他幼年住在祕魯很有關係；溫暖潮溼的氣候，美麗芳香的花草，原始的環境，以及異國的風情，一直是高更最嚮往的。

高更幼年過的日子非常快樂。他住在有錢的外叔公家裡，有佣人伺候，說著高雅好聽的西班牙話，活潑健康的小高更，真是無憂又無愁。

有一天，高更的母親收到一封寄自巴黎的信。那封信結束了高更快樂的童年生活。原來高更的祖父在法國去世了，需要母親帶著兩個孩子，回巴黎去處理後事。

一八五五年春天，幼年高更回到了巴黎。他們家繼承到祖父的產業並不如想像中的多，因此，能過的日子也就談不上優裕。在學校，高更雖然聰明，但卻不怎麼用功念書。高更整天想的事，就是長大了到海上去當水手。他十分嚮往那種航行在大海，流浪在異鄉，飄泊在天涯的生活。

2. 出色的水手

大約在這段時期，高更接受了一些基本的繪畫訓練並且讀了一些藝術方面的書籍。他很喜歡在紙片上畫圖，用小刀在木塊上雕刻出各種花樣。有一次，一位鄰居太太看到高更雕刻的東西，很興奮的告訴高更的母親：妳這位兒子將來一定會成為偉大的雕塑家呢！高更後來說：不幸那位老太太並不是個成功的預言家，要不然，我可能早就成名了哩。

總之，我們相信，高更小的時候，大概沒有想過要去做個畫家。他一心一意在想著趕快長大，趕快出海去做個快樂的水手，在世界各地遊蕩。

母親對高更這種不好好讀書，只愛作夢的性情十分憂慮。但高更卻一點也不擔心，仍然無憂無愁的過著快樂的日子。

高更十七歲的時候，他的夢想終於實現了。他有機

會上了一條來往於世界各地的商船。他隨船環繞於世界各地，到過智利、巴拿馬，甚至還遠航到過印度。高更是一個非常出色的水手，而且也很能享受海上那種無拘無束的自由。兩年之後，高更的母親去世了，他更是沒有任何牽掛。高更幾乎整年到頭都生活在海上，他還曾到過北歐和北極。等到他決心回到陸地上來過日子，他已經在海上遊蕩了整整六年之久了。

在那段時間內，高更在海上，從天之涯望到海之角，無論他怎樣望，也無論他在夢中望，或者在心中望，他從來也望不到有那麼一天，自己會成為一個偉大的藝術家。

經過了六年的海上生活，二十三歲的高更回到巴黎時，既沒有住的地方，也沒有職業，變成了道道地地的無業遊民。

不過，高更的運氣挺好，得到母親一位好朋友的幫助，進入巴黎一所銀行，做起股票經紀的事來。高更在銀行工作十分努力，學到了許多買賣股票

室內的阿莉奴　1881 年（油畫、畫布　53 × 61cm　私人收藏）
阿莉奴是高更最疼愛的女兒。

的技術，變成一個相當出色的經紀人。高更過了十年穩定的日子。在這十年之中，高更娶了美麗溫柔的丹麥小姐美蒂為妻，生了五個孩子，賺了不少錢，讓他的家人過著富裕而幸福的生活。

3. 初見印象派

就在這段時間裡，高更開始表現出他對藝術的愛好和熱情。

高更的妻子美蒂後來回憶：那時，沒有一個人會想到高更將來會成為畫家。事實上，我們結婚以前，我一點也看不出來他對繪畫有任何興趣。結婚後不久，他開始每個星期天都出去寫生繪畫，他越畫越有興趣，越畫越入迷。雖然如此，他卻從來沒有想過要去找個老師正式學習繪畫。

那時候，巴黎有一批年輕的新畫家，他們非常不滿意古典畫派那種強調準確的細節，忽略光線效果的繪畫方法。他們發展出另外一種新的畫派，強調光影明暗對色彩的影響。他們認為，畫家在畫一張畫的時候，最重要的是把握繪畫當時畫家對景物所產生的印象，而不是一絲不差的描繪出該景物的實體。這一派的畫家被當時的人稱為「印象派」。

由於年齡相當，觀念也相合，高更很

冬日的花園　1883 年（油畫、畫布　117 × 90cm　私人收藏）

這是高更初期受印象派畫風影響下的作品。他的雪景和其他印象派大師如畢沙羅、莫內等人十分相似——他們同樣強調雪色的反光和雪花的質感。我們看到畫中前景裡的兩位婦人，有很突出而明顯的側影。

有人說這幅畫的背景是高更在巴黎住宅的後院。

當時的印象派畫家，幾乎千篇一律，喜歡用冒著煙的煙囪來表現時髦的、工業化的城市風景。高更這幅畫中的煙囪，只是安靜而不突出的背景。

快就和印象派的畫家們成了好朋友。他自己的畫也受到他們的影響，走向了印象派的路線。

高更雖然沒有受過正規的繪畫訓練，但是他既聰明，吸收能力又強，加上他的天分和創意，不多久，他不但把印象派畫家朋友的長處全學了過來，並且還加以發揚創造，形成了自己獨有的風格。

那時候的高更在銀行做事，賺了不少錢。他開始購買年輕印象派畫家的畫，而且，還很熱心的幫助其他窮困的畫家出售他們的作品。因此，高更受到所有印象派畫家的歡迎。高更的股票生意越做越好，而他對繪畫的熱情也越來越熱烈。美麗的賢妻、可愛的孩子，生活對於高更真是太優厚了。他心裡充滿了幸福與感激。

如果事情照這樣發展下去，高更很可能一輩子都只是個成功的股票商人，一個只在星期天畫點兒不錯的畫的業餘畫家，

兩個大溪地女子　1899 年（油畫、畫布　94 × 72cm　美國紐約大都會博物館藏）

這幅感覺強烈、色彩豐富的畫，可以說代表了高更對天堂的描述。在那裡，沒有人為金錢、為疾病、為世俗的禮節煩惱。大家都是天天真真、快快樂樂的。樹上開著豔麗的花朵供人採折，結著甜美的果子任人品嚐。

如果我們要問這張畫的主題是什麼的話，最好的答案是高更讓我們了解到什麼是「成熟的滋味」。成熟的女子，盛開的花朵，熟透了的芒果……多麼香甜清新的空氣瀰漫著……。

甚至，僅僅是個擁有大量印象派畫家作品的收藏家。

如果事情照這樣發展下去，西洋現代藝術史上，就沒有高更這個人物了，而我們也永遠無法欣賞到高更那些令繪畫界嘆為觀止，風格極為特殊的傳世之作了。

4. 高更失業了

事情發生得很快、很突然。這件事情的發生可以說摧毀了高更幸福的家庭，也讓高更陷進了終身貧困的泥淖。但是，卻因此造就了一個偉大的藝術家。

原來高更他任職的銀行破產了，緊接著，巴黎的股票市場全面崩潰。高更不但失去了職業，他辛苦賺來的財產和積蓄，幾乎在一夜之間，全部賠光了。

失業之後的高更，怎麼樣也找不到一份收入足以令全家人糊口的工作。他沒有別的法子好想，只好去做專業的畫家。

奇怪的是，高更不去上班，可以整天畫畫了，但他卻怎麼樣也畫不出一張好畫來。他畫出來的畫，一張也賣不出去。更糟糕的是，妻子和五個孩子，每天都需要填飽肚子。愁眉不展的高更，真是煩惱極了。

一八八四年十月，高更實在沒有其他辦法好想了，只好帶著一家大小，回到美蒂在丹麥的娘家。

在丹麥，高更在一間製造帆布和防水布的工廠，找到了一份推銷員的工作；美蒂替人補習法語貼補家用；一家人的生活依然拮据，但是卻不至於挨餓受凍。

可是，熱愛藝術，喜歡和畫家朋友們聚在一起，談論繪畫，討論人生哲學的高更，生活在丹麥這樣保守而死氣沉沉的地方，做著買賣防水布這樣的小生意，真是令他感到厭煩透了。高更的脾氣變得越來越壞，整天皺著眉頭，臉上看不到一絲笑容，見到人既不打招呼，也不和人說話。高更的這種態度，使得美蒂又生氣、又心痛。

他是多麼嚮往碧藍的天空、遼闊的海洋！波濤洶湧的浪花，雪白的海鷗在天上自由的飛翔，巴黎的黃昏，路燈一盞盞亮了起來，街巷裡滿溢著鮮花和咖啡的香味……這一切多麼令人懷念，多麼令人嚮往啊！

高更在日記上寫著：為什麼一般人要求我們做藝術家的人，過著和他們同樣的生活，而我們卻從來不要求一般人，過和我們同樣的生活呢？

一八八五年六月，美蒂深深

穿晚禮服的美蒂　1884 年
（油畫、畫布　65 × 54cm　挪威奧斯陸國立美術館藏）

感到，如果再這樣生活下去，高更整個人可能就從此被毀了。因此，她對高更說：去做你喜歡做的畫家吧！不要擔心我們這個家，我會好好照顧自己和孩子們，我會盡心盡力，把他們扶養成人。

於是，高更回到了法國，專心追求他做畫家的夢想。他和美蒂從夫妻變成好朋友。直到高更五十五歲在太平洋的大溪地小島上去世，他們兩人仍然繼續在通信。美蒂是高更這一生中最支持他、最了解他的人。

5. 畫家高更

沒有固定職業，沒有固定收入，沒有家庭的約束，也沒有名氣的拖累。高更擁有的是充分的自由和十足的信心。有生以來，高更第一次明白，他所追求的目標，就是要畫出一些與眾不同的好畫。他相信自己具備了做為一個傑出藝術家的天才和毅力，他現在最需要的就是時間。

離開美蒂和孩子們雖然令高更傷心，但是，得到精神和形體的絕對自由，卻比什麼都來得可貴。

當時巴黎的藝術氣氛真是生氣蓬勃。印象派已經進入了全盛時期，象徵派也漸漸成熟。許多前衛的畫家、文學家，每天聚集在街角巷尾的小咖啡館，交換他們的想法和看法。

高更在這樣生動活潑的氣氛下生活和工作，真是如魚得水。他說起話來，聲音宏大響亮，手勢又很誇張。高更常常說出一些在當時被認為是十分先進的話，讓聽

海濱　1892年（油畫、畫布　68 × 92cm　美國華盛頓國家畫廊藏）

的人驚訝得目瞪口呆。

他說：我們官能的直接感受是最正確的，不受任何教條式的訓練影響。我們只要把自己的感受，真實的畫出來就會是一張好畫。

他又說：線條是無限長的，色彩是不需要解釋的。大膽去運用線條和色彩是繪畫的唯一出路。

就這樣，高更逐漸變成了印象派畫家們的領袖，他說的一些話也變成了印象派的繪畫理論哲學。

畫家高更雖然鋒芒畢露，但是在現實生活中，高更卻非常貧困，經常三餐都沒有著落。為了活下去，他只好到處去打零工，賺點小錢過日子。

高更寫道：我幾乎是一無所有的在生活，每天都深深體會到飢餓的滋味。餓久了，也就習慣了。有人說苦難的生活可以磨練出一個天才，這句話可能不錯。但是過分的苦難折磨，卻可以導致一個天才於死命。

經常在飢餓中掙扎的高更，在藝術的追尋上卻十分用功。他逐漸走出了印象派畫風的約束，開創出屬於自己的風格。他

已能夠更為自由的表達出心中的思想，所用的造型和色彩，也可以做到隨心所欲，誇張大膽，濃豔出奇。他的線條流暢，非常時髦新穎，很明顯的可以看出來他的畫風受到許多因素的影響。在那段時期內，影響高更最深的莫過於日本的版畫了。那種平面的、大片濃重色彩的鮮明搶眼感受，深受高更的喜愛。

傑可布和天使的格鬥

1888 年（油畫、畫布　73 × 92cm
英國愛丁堡蘇格蘭國家畫廊藏）

這是高更以宗教為題材的第一幅畫，也是最有名的一幅畫。在這裡，高更完全脫離了印象派畫風的拘束，開始建立起自己的風格。

這幅畫色彩濃豔。在高更寫給梵谷的一封信上，他說：這幅畫中的風景和格鬥的場面，只能在人們的想像中或在夢中才能發生，因此，我在布局上故意將其縮小，以有別於現實。

6. 好友梵谷

一八八六年十一月，高更認識了來自荷蘭的畫家梵谷。

高更和梵谷兩人的友誼和他們個性的差異所造成的衝突，在西洋藝術史上，是極為出名的。關於他們兩人的故事很多，也有各種不同的說法。

文生・梵谷是一個熱情洋溢、充滿幻想、極富同情心和友愛的天才型畫家。梵谷的弟弟西奧在巴黎開了一間畫廊。那時候，沒有一個人認識梵谷，更沒有一個人欣賞他的畫。但是西奧卻深深了解到他哥哥的天才，他相信總有一天，梵谷的天才會被全世界的人欣賞。因此，他總是盡一切的可能，在經濟上支助梵谷，希望梵谷能夠安心繪畫，不要為一日三餐煩惱。由於西奧對梵谷的敬佩和摯愛，他對梵谷的朋友以及其他印象派的年輕畫家們，也同樣照顧。

認識高更以後，梵谷對高更在藝術方

面表現出來的才氣非常敬佩，對高更侃侃談論藝術哲理時思路的清晰和流暢，更是十分的傾倒。梵谷很天真的想，如果高更和他，還有其他志同道合的畫家，能夠離開巴黎繁華嘈雜的環境，住到法國南部鄉下，專心畫畫，一定會形成一股強大的勢力，變成很有影響力的「南方畫派」。

梵谷認為，有弟弟西奧在經濟上給他們支持，他的夢想，一定是可以實現的。

一八八八年十月二十一日，高更啟程前往法國南部阿爾，和梵谷住在一起，希望能夠彼此照顧，相互鼓勵，畫出一生中最傑出的作品。

他們住在一所漆成黃色的小屋子裡。為了節省開銷，他們自己洗衣煮飯。

有一天，梵谷煮了一鍋湯。在十年之後，高更仍然難以忘記那鍋湯的滋味：「總之，那鍋湯有各種不同的顏色和味道，簡直令人無法下嚥。我懷疑梵谷把顏料打翻在湯裡，就這樣端出來給我們喝……」

除了應付簡單的生活外，高更和梵谷兩人日夜不停的畫畫，產量豐富得驚人。

但是，要兩個性格極端相異的天才畫家每日生活在一起，是一件非常不容易的

梵谷在畫向日葵　1888 年（油畫、畫布　73 × 91cm　荷蘭阿姆斯特丹國立梵谷美術館藏）

由於高更比他的朋友梵谷年長，因此他常常以老大哥自居，把梵谷當作小弟弟看待。在他們同住在法國南部短短的幾個月內，高更經常用教訓的口氣，「指導」梵谷如何作畫。高更希望梵谷從印象派的畫風跳出來。他認為梵谷的畫太瑣碎，又太複雜了。

高更用這幅他替梵谷畫的人像，來說明自己的觀點。他特別將畫中的背景，用幾塊簡單平塗的色彩表現出來，以證明這才是正確的畫法。

當然，天才橫溢的梵谷，不會聽高更的「教訓」——他自有他個人獨特的見解和畫法。

事。尤其是脾氣暴躁的高更，他的意見特別多，老在批評梵谷畫畫的方法，不停建議梵谷多用大膽而原始的色彩，要他脫離印象派細緻精微的畫風。在繪畫方面，梵谷當然有自己的想法和看法，他根本不可能採納高更的建議。由於梵谷不聽話，高更非常生氣，脾氣更大了。

在日常生活中，高更是個整潔而有秩序的人；東西要放在固定的地方，飲食要定時，作息要有規律。但是，梵谷卻是個凡事都十分馬虎的人；東西亂放不說，吃飯睡覺沒有一定的時間，他做任何事都沒有特別的規律和方法，令高更十分頭疼。

他們在一起住了兩個月，到後來，演變到彼此實在受不了對方的地步。十二月二十六日，高更收拾好行李，匆匆離開了小黃屋，告別了梵谷，回到巴黎。

然而，這短短的兩個月時間，在西洋藝術史上，卻是影響深遠的。由於他們兩人在這段時間內的相互激勵，他們才能夠超越自己以往的藝術成就，並為日後的不朽奠定了基礎。此外，在高更和梵谷這兩位天才畫家的生命中，這兩個月相處的友誼，也是令他們終身難以忘懷的。

7. 遠走他鄉

高更回到巴黎後，生活仍然非常困難而不安定。他沒有工作，沒有收入，沒有家人，有時候，煩惱得連畫也畫不出來。他感到生活在巴黎這個地方，令人窒息。他極欲逃離現實，逃離法國，逃離人群。他覺得遠走他鄉是唯一的出路。

但是，一貧如洗的高更，連最起碼的路費都沒有，他能夠逃到哪裡去呢？

一八九〇年，高更決定遠走太平洋的小島大溪地。他寫道：我要遠離文明，我決定到大溪地去，而且決定在那裡終此一生。我相信我的藝術生涯到目前為止，仍然只是一粒種子，只有埋在原始而肥沃的土地裡面，它才會發芽開花結果。

一年後，高更仍然在巴黎混日子，原因是他怎麼樣也籌不出到大溪地的路費。

高更算來算去，去大溪地的路費，至少需要一萬法郎。要籌足這筆錢，唯一的辦法就是開一次籌款展覽會，盡量把自己

戴帽子的自畫像
1893–1894 年（油畫、畫布　46 × 38cm　法國巴黎奧塞美術館藏）

這幅自畫像完成於高更搬去大溪地之後。畫中背景仍然是他自己的作品。

這幅畫像高更並不是用照片來當作藍本繪製的。他的方法是用鏡子——對著鏡子畫自己的樣子。因此，我們看得出他的眼神是那麼專注，微微瞇著的眼睛，正在打量著如何在畫布上下筆吧。

手上的畫賣出去。

籌款展覽會很風光的開了。畫評家一致讚揚高更不同於一般畫家的獨特風格，並且肯定他的藝術成就是前所未見的。高更展出的畫，除了一張之外，全部都賣光了。為了鼓勵高更遠走他鄉，追求在藝術上更高成就的勇氣，政府還主動給了高更一筆錢。高更在朋友聲聲的祝福中踏上了去大溪地的行程。

一八九一年四月一日，高更乘船直航太平洋。說起來也很奇怪，我們永遠無法了解，為什麼正當高更在法國剛剛開始有了點名氣，他的畫也有了買主的時候，他卻決定離開法國，把自己放逐到遙遠荒野的小島上去過日子。

你妒嫉嗎？　1892 年（油畫、畫布　68 × 92cm　俄羅斯莫斯科普希金美術館藏）

大溪地的土人都在河裡沐浴。他們金黃色的身體，被碧綠的樹林襯托得輝煌而耀眼，為高更提供了豐富的繪畫題材。

這幅畫的題名，引起了人們的各種解釋和猜測。高更替這幅畫取了這樣一個畫題究竟是什麼意思？他想用大溪地土著的純樸天性，來向西方虛偽的文明社會挑戰，希望引起西方人的妒嫉嗎？或者，高更是希望觀賞這幅畫的人，妒嫉他在大溪地原始自然的生活方式？要不然，高更想讓其他的土人，妒嫉畫中那兩個女人？

不管畫家的本意是什麼，畫中平靜的溪水，畫中人色彩濃豔的肌膚，還有那感人至深的強力原始風情，都證明了這是一張世世代代都會流傳下去的傑作。

8. 大溪地

高更在船上六十四天，他沒有畫一張畫。他整天和船上的旅伴吃喝談笑，快快樂樂夢想著自己躺在熱帶森林環繞的沙灘上，或是無拘無束的在碧波中嬉戲……

我們相信，高更可能是歷史上第一位到大溪地定居的主要畫家。

大溪地雖然是法國的殖民地，但卻沒有開發，到處都是原始的海岸和樹林。當地的土著從來沒有受過文明的洗禮，雖然野氣，但每個人都是那麼自然而純真，看不到任何虛偽的假面。自然純真剛好是高更一生所追求的最高境界。因此，他一上岸，馬上就愛上了這片土地和在這片土地上生活的土人。

可是，有一件事卻令高更十分煩惱。

原來高更一到大溪地，就被當地的官員安排住在白人聚集的城市裡。那裡有許多來自歐洲的商人、水手、軍官、政府官員、有錢的貴婦人和一些沒事可幹的流氓

拿斧頭的男人　1891 年
（油畫、畫布　92 × 69cm　私人收藏）

痞子。他們過著純然歐洲式的生活，聊天飲茶，專門說長道短，散播流言蜚語。一個來自法國巴黎的真正畫家簡直是太稀罕了。所以他們都爭著邀請高更參加各種各樣的宴會。高更想：我好不容易才脫離了歐洲那種文明而虛偽的社會，跑到大溪地來，希望過一種原始而純潔簡單的生活，怎麼又陷入同樣令人厭煩的環境呢？難道我走了那麼遠的路，等了那麼久的時間，花了那麼多的心血，到頭來，我找到的東

進餐　1891 年（油畫、畫布　73 × 92cm　法國巴黎奧塞美術館藏）

西，卻是我一直想扔掉的東西嗎？

高更決定脫離白人居住的社會，搬到更荒僻原始的地區和土人們生活在一起。他認為只有如此，他的藝術境界才能有所突破。

大溪地的土著們非常喜歡高更，因為高更穿著和他們一樣的衣服，很熱心的學習土著講的方言。高更對土人十分親切和善，大家都爭著做他的模特兒。他們常常對高更開玩笑，由於他留著長長的頭髮，土人都叫他做「男的女人」。

高更向土人租了一間茅屋。屋前是一望無際的大海，屋後是一望無邊的樹林。翠綠的山岡、鮮紅的野花，土人們金黃的皮膚在陽光下閃耀；藍色的大海，青色的天空、白色的浮雲……高更眼下跳動的色彩真是豐富瑰麗極了。

他迫不及待的開始工作。他背著畫架外出寫生，踏遍了小島的每一個角落。他日夜不停的畫著，靈感像潮水湧來不可抑止。

高更初到大溪地畫的一些畫，成了他藝術生涯中最重要的作品。其中包括〈拿花的女人〉、〈進餐〉、〈海邊上的兩個女子〉、〈拿斧頭的男人〉等。這些畫大部分都完成於一八九一年。

以大溪地為繪畫的主題，是高更和土著溝通的最好方法。藉由這種方法，高更可以了解他們的風俗習慣，可以知道他們喜歡什麼、害怕什麼。高更非常喜愛土人的天真純樸，也十

拿花的女人　1891 年

（油畫、畫布　70 × 46cm　丹麥哥本哈根奈卡盧斯堡美術館藏）

向聖母歡呼　1891–1892 年（油畫、畫布　114 × 89cm　美國紐約大都會博物館藏）

大溪地的風景使得這幅畫充滿了異國的情調，也使得對天堂的傳統概念變了樣。高更非常喜歡這幅畫，自認為是他得意的傑作。

畫左方有一個長著黃色翅膀的天使，引導出聖嬰耶穌和聖母瑪麗亞。豐盛的水果，開滿花的樹木，遠處的海洋和山脈，勾畫出天堂的氣氛。畫中的兩個土著女人，雙手合十，虔誠的望著頭上有光環的聖母和聖嬰，他們同樣也是大溪地土著的形象。在這張畫中，宗教是那麼簡單而純淨；沒有種族，沒有地域，沒有矯飾，只有單純自然的崇敬和禮讚。

分同情他們的貧窮和落後。

他在給美蒂的信上寫道：我能夠了解為什麼那些土人可以整天坐在樹下發呆。他們可以全然不動，憂傷的望著天空，望著大海，望著無邊無際的森林。我漸漸受到他們的感染，可以整天坐在一個地方，內心感到萬分的平靜和安詳。

高更經歷到他一生中從來沒有過的快樂。他寫道：每天早上，太陽昇起，我也跟著起來，快樂和工作的狂熱同時降臨。我的生命充滿了無比的幸福，我過著物質上最簡單的生活，但是我的內心卻十分平安而滿意。

9. 毀譽參半

不過，高更平安幸福的日子很快就結束了。他又面臨到貧窮困苦的老問題。他從巴黎帶來大溪地的錢，已經用得差不多了。日夜不停的畫，消耗掉的大量油彩顏料和畫布，需要錢來補充。而且，貧困的生活也直接影響到高更的健康。生了病，沒有錢，他不敢去醫院；住進醫院，為了省錢，等不到病好，又只好提前搬出來。

高更到達大溪地的頭幾年，雖然物質條件並不是太好，但是，他的畫卻驚人的

你什麼時候出嫁？　1892 年（油畫、畫布　101.5 × 77.5cm　瑞士巴塞爾國家美術館藏）

這幅畫和〈你妒嫉嗎？〉是姐妹作。高更不但在同一時期內畫出這兩幅畫，畫中的主題也同樣是兩個大溪地的土著女人，她們也同樣擺出高更喜愛的蹲在地上的姿勢。我們也同樣不明白畫家為什麼要為這幅畫取這樣的題名。

是因為兩個女人中的一位要結婚了，所以另一個問她：你什麼時候出嫁呢？還是別的人詢問其中的一位女子，你什麼時候出嫁？果真如此，要出嫁的是哪一個女子呢？

畫中強烈的紅色、橘色、粉紅色，全集中在兩個女人穿的衣服上。前景平塗的大片顏色，和背景柔和的小塊顏色，造成有趣的對比。

成功。他畫出許多題材不同、布局各異、色彩令人不敢置信的傑作，留給後人一筆無價的財富。

那時，高更把畫好的畫寄回巴黎，希望能賣掉，賺點錢，以維持他在大溪地的開銷。然而法國藝術界對他的畫，卻是毀譽參半的。

許多人對高更創新的畫法非常欣賞。對他大膽的布局，尤其對他喜歡用鮮豔而誇張的色彩，大片大片平塗在畫布上的方法，讚賞有加。他們認為高更能夠不顧背景的細節，強調單純搶眼的色彩，也令人耳目一新。可是，另外有一些人卻極為看不慣高更誇張平板的畫風，說他的畫只是「在幾塊粗糙俗氣的顏色上，點綴著幾個呆板的泥人」而已。

沒有人買他的畫雖然令高更失望，但他對自己的作品，卻充滿了無比的信心。他說：我的繪畫和我的行為一樣，總是遭到人們嚴厲的批評和無情的指責。可是，終會有那麼一天，人們會認識我在藝術上的價值。我堅信自己是正確的。人們的讚美和辱罵，對我而言，不具有任何意義。

高更最嚴重的問題仍然是貧窮。

沒有錢，就沒有食物。沒有錢，就沒有畫畫的材料。一籌莫展的高更已經開始準備放棄他的藝術生涯了。為了畫畫，高

海邊上的兩個女子　1891 年（油畫、畫布　69 × 91.5cm　法國巴黎奧塞美術館藏）

更離開了親人，離開了朋友，離開了自己的國土。要做一個真正的藝術家，是一件多麼不容易的事啊！

正當高更想放棄做畫家的時候，他的一位有錢的舅舅過世了，留給他一筆不小的財富。

如果高更沒有得到這筆意外的收入，因而放棄他的藝術生涯。那麼，我們後世的損失會有多大，簡直令人不敢想像。

這筆意外收入的來到，使得高更鼓起了更大的勇氣，令他對自己的藝術前景，充滿了樂觀的希望和更大的信心。

10. 我們來自何處？我們是什麼？我們去何方？

高更的命運和他的健康一樣，自一八九六年之後，越來越走下坡了。

首先，由於老房東的去世，高更被迫搬離他居住了多年，親手精心布置起來的畫室，令他十分傷心。他的身體，由於長期的奔波消耗，可以說已經到了百病叢生的地步。他的腿走不動了，全身的皮膚都乾裂開來，讓人以為他害了痲瘋病。他的心臟很不好，犯了好幾次心臟病。金錢上的困苦無法徹底解決，一次又一次的打擊著高更。他從大溪地寄回法國出售的畫，雖然有人叫好，但是卻賣不出去。他繼承的遺產，幾乎又用光了。高更每天都在海邊和樹林之間徘徊遊蕩。他回顧自己坎坷的一生，不由得淚如雨下。

一八九七年，高更的身體，幾乎衰弱到無法走動的地步，而他的精神，更是消沉到了極點。在這種狀況之下，高更開始著手繪出他一生之中最為傑出的作品。他把這幅畫題名為〈我們來自何處？我們是什麼？我們去何方？〉

這張巨型的油畫是高更生平繪畫思想的結晶，也是他藝術成就的見證和總結。這張畫展現出來的是一個人從出生到死亡的過程，是人生中每一個階段的縮影。它是一首詩，寫出了高更生命的坎坷；它是一首歌，唱出了高更在大溪地多彩多姿的生活；它也是一本教授繪畫的範本，包括了許多繪畫的技巧。

現在，讓我們來仔細觀賞這幅傑作。

在這幅大約長十二英尺、高五英尺的油畫左右上方，是兩塊鉻黃色的角落。左角上題了字，右角上是高更的簽名。猛一看，就像一幅畫在金黃色牆壁上的壁畫，但在左右上方兩個角落，卻破了兩個三角形的小洞。

這幅畫得從右邊看到左邊。

在畫的右下角地上，躺著一個嬰兒，圍繞在嬰兒身邊的是三個女人。其中兩個女人正在聊天，她們似乎對生命的意義充滿了了解。另外一個彎著背的女人，在大小的比例上放大了很多，她身體的顏色也非常黯淡。她擰

我們來自何處？我們是什麼？我們去何方？　1897 年

過頭來，望著那兩個明亮光彩的女人，眼中流露出驚訝的表情，好像在說：你們兩人怎麼可能了解生命的意義，並且預測這個嬰兒的命運呢？

畫的中央是一個年輕而壯實的男人，伸出手摘取成熟的果實，他讓我們看到成熟的生命是多麼豐富而美麗。

畫的左角有一個年老憂傷的女人。好像人生已經走到了盡頭，剩下來的只有病弱而接近死亡的身軀。

這幅畫的背景是設在樹林中的河邊。遠遠的地方有海，還有其他島上遙遠的山

（油畫、畫布　139 × 375cm　美國波士頓美術館藏）

影。整幅畫的顏色是由藍到綠，人物的顏色卻是大膽的橘黃色。

這幅畫呈現出人生的三個階段——出世，生活，死亡。

這幅畫也解答了畫題上的三個問號：

從嬰兒的身上，我們解答了——我們來自何處？

從青年的身上，我們解答了——我們是什麼？

從老婦人的身上，我們解答了——我們去何方？

11. 最後的日子

自從高更第一天踏上大溪地，他對法國政府統治這片殖民地的政策和方法就十分看不習慣。他經常用嚴厲的語言批評法國政府，還寫了不少文章，投遞到報社，譴責政府對土著不公平的待遇。後來，沒有任何報紙願意刊登他的文章了，他就自己辦了一份雜誌，取名叫《微笑》。高更既是發行人，是繪圖者，又是編輯，還兼作者。這本刊物在大溪地不但有名，而且還很暢銷。

走到生命末期的高更，他的身體狀況已不容許他像當年那樣全心投注在繪畫上了。但是，他同情大溪地土人，一心想維護殖民地土著權利的決心，卻一點也沒有動搖。為了土人們的福祉，他經常和政府官員起衝突。他的政治活動也越來越多。除了在《微笑》上畫諷刺性的漫畫譏笑政府官員之外，他還到處演講，鼓勵土人反抗政府。

白馬　1898年（油畫、畫布　140 × 91.5cm　法國巴黎奧塞美術館藏）

這時候，高更又想出來一個新的花樣來和政府作對，那就是拒絕向政府繳納稅金。他不但自己不繳稅，他還去說服所有他認識的土著，不要再繳稅給政府。高更的這一個行動，令政府官員們生氣極了。

為了懲罰高更，政府官員經常叫警察把高更抓到法庭。打官司既花精力又花金錢。這兩樣東西都是高更付不出來的。因此，在高更生命最後的幾年中，他已經沒有體力去從事任何繪畫的工作。他的時間全花在法庭內和政府官員糾纏不休上了。

這種生活使得高更既灰心又失望，他頹喪極了。一位鄰居如此描寫著高更的晚年：「我認識高更以來，他都是那麼病弱和憂傷。他很少離開他住的屋子。偶爾出來一下，也是拖著沉重的步子。他腳上纏著繃帶，穿著大溪地土著穿的最普通衣服，在腰上繫著一條花布裙，赤了腳，頭上頂著一頂學生才戴的小帽。」

即使如此，高更從來沒有放棄過以文字和漫畫，來諷刺政府對大溪地土著不公平的待遇。

一九〇三年二月，為了替二十九位土著飲酒鬧事辯護，高更又被抓進法院。他的官司當然是輸了，不但被送進監牢，還被罰了巨款。高更的精神和身體已經再也承受不了這麼大的打擊。他實在太累了。

同年五月八日，高更因心臟病突發而去世。

大溪地的土著們從此失去了一位愛護他們、關心他們的好朋友。他們心裡感到萬分的悲傷。

有人說，直到今天，到大溪地遊玩的旅客，仍然可以聽見土著們淒涼的歌聲。

他們反覆唱著：

高更死了，我們也完了！

高更死了，我們也完了！

高更 小檔案

1848 年　6 月 7 日，出生於法國巴黎。

1849 年　全家乘船去祕魯。父親在旅途中病逝。

1855 年　返回法國。

1865 年　加入商船當水手，航行海外，環球航行，過漂泊而快樂的生活。

1867 年　母親去世。

1871 年　回到巴黎，進入一間銀行做股票經紀人的工作。

1873 年　與美蒂結婚。

1874 年　與印象派畫家們成為好朋友。

1884 年　失業了，生活陷入困境，全家搬去丹麥。

1885 年　離開妻兒重回巴黎，以打零工為生。

1886 年　結識梵谷。

1888 年　10 月 21 日，啟程前往法國南部阿爾，和梵谷住在一起。12 月 26 日，告別梵谷，重回巴黎。

1890 年　決定遠走到太平洋的小島大溪地。

1891 年　籌款展覽會成功。4 月 1 日，動身到大溪地，並在該島定居。

1892 年　貧困潦倒，但仍日夜不停的作畫，完成許多重要作品。

1893 年　繼承了舅舅的遺產。

1896 年　命運和健康開始走下坡。

1897 年　完成〈我們來自何處？我們是什麼？我們去何方？〉一作。

1903 年　5 月 8 日，死於心臟病，大溪地土著同聲悲悼。

適讀對象：
國小低年級以上
內附注音，小朋友也能自己讀！

創意 MAKER！

創意驚奇雲

請跟著盛田昭夫，動動你的頭腦，想像引領創新企業的挑戰。

請跟著畢卡索，在各種藝術領域上大展創意。

請跟著高第，體驗創意新設計的樂趣。

請跟著格林兄弟，將創思奇想記錄下來，寫出你創意滿滿的故事。

本系列特色：

1. 精選東西方人物，一網打盡全球創意 MAKER。
2. 國內外得獎作者、繪者大集合，聯手打造創意故事。
3. 驚奇的情節，精美的插圖，加上高質感印刷，保證物超所值！

三民網路書店 會員

獨享好康
大放送

通關密碼：A4704

憑通關密碼
登入就送100元e-coupon。
(使用方式請參閱三民網路書店之公告)

生日快樂
生日當月送購書禮金200元。
(使用方式請參閱三民網路書店之公告)

好康多多
購書享3%～6%紅利積點。
消費滿350元超商取書免運費。
電子報通知優惠及新書訊息。

書種最齊全
服務最迅速

超過百萬種繁、簡體書、外文書5折起

三民網路書店 www.sanmin.com.tw